Nada es Igual

AUTORA BESTSELLER DEL USA TODAY

GIANNA GABRIELA

CRÉDITOS

Nada es Igual

Copyright © 2018 Gianna Gabriela

ISBN E-book: 978-1-951325-21-3

ISBN Paperback: 978-1-951325-22-0

Diseño de portada: LJ Designs

Traducción: Daisy Services for Authors

DEDICATORIA

.

Para aquellos que luchan con responsabilidades que no deberían asumir.

Recuerda siempre que eres fuerte, que eres suficiente, y que eres capaz. No eres invisible, te vemos.

Cariñosamente,

Gianna

PRÓLOGO

QUISIERA QUE MI PAPÁ ESTUVIERA AQUÍ.

—¿OYE, MAMÁ, QUÉ ES ESTO? —PREGUNTO, SOSTENIENDO una pequeña bolsa de plástico. La encontré dentro de uno de sus zapatos en el armario cuando estaba jugando a las escondidas con Ethan—. ¿Azúcar?

Tal vez ella olvidó que estaba allí. Sé que planea hacer limonada hoy.

—¿Dónde encontraste eso, Aron? —pregunta. Parece que está enojada, pero no entiendo por qué; ella suele ponerse feliz cuando encuentro cosas.

—Estaba...

Ella corre hacia mí, apartando la bolsa de mi mano.

—¿Dónde lo encontraste? —grita y mi labio inferior comienza a temblar. Miro hacia abajo para ver que hay un poco de sangre en mi mano. Creo que me arañó cuando me arrebató la bolsa.

Las lágrimas comienzan a correr por mi cara.

—Estaba en tu... —murmuro, sin entender lo que hice para que mi madre se enojara tanto.

—¿Dónde? —grita y yo me estremezco.

—En el armario —respondo. Ethan se quedó en la habitación. Se esconde hasta que voy y lo encuentro. Me alegra que no esté aquí para verme llorar.

—¡No te metas ahí otra vez!

—Estábamos jugando a las escondidas —le digo.

Ella me da una mirada que me dice que estoy en problemas.

—No vuelvas a hacerlo —dice cada palabra lentamente y yo asiento en respuesta, mis labios siguen temblando mientras gruesas lágrimas caen por mis mejillas.

No sé qué hice para hacerla enojar. No suele molestarse así conmigo.

Desearía que mi papá estuviera aquí.

Ella nunca se enojaba cuando él estaba aquí.

1

NO DEBERÍA SER YO QUIEN TERMINA DE CRIAR A SU HIJO.

Cinco años después

ENTRO EN MI CASA, ENOJADO Y LISTO PARA ENFRENTAR A MI madre por dejar a Ethan en la escuela por dos horas después de su salida. Se supone que debe recogerlo cuando yo tengo entrenamiento de futbol. Ese es su único trabajo, la única cosa que le he pedido que haga, pero incluso falla en eso. Cuando me presenté, el director me miró con los ojos llenos de lástima y mi hermano menor me dio un abrazo. Ethan estaba asustado. Había estado llorando y solo podía imaginar cuántos escenarios pasaron por su cabecita, ninguno de ellos cercano a la realidad con la que me encuentro.

Tal como lo sospeché, y la razón por la que le dije a Ethan que me esperara en su habitación, mi madre está sentada en la mesa de la cocina con el polvo blanco extendido en la superficie frente a ella.

—¿Qué estás haciendo? —pregunto con disgusto.

La he pillado haciendo esto suficientes veces para saber exactamente qué es, pero le pregunto de todos modos, esperando que la respuesta sea diferente esta vez.

—¿Qué estás haciendo tú aquí? Pensé que tenías práctica —pregunta, cambiando de tema. Dejo caer mi bolsa de gimnasio en el suelo. La decepción que siento debería ser obvia para ella, pero creo que ya no se da cuenta o quizás ya está acostumbrada.

La veo tratar de recoger el resto de su porquería blanca.

La evidencia de su fechoría, nuevamente en la bolsa.

—Yo *tenía* entrenamiento.

—¿Entonces, por qué no estás allí ahora? —Su tono es acusatorio. Sólo mi madre se atrevería a cuestionar mis acciones cuando las que ella hace se alejan bastante de lo que está bien. Pone la pequeña bolsa dentro del bolsillo de sus jeans.

—La escuela llamó —le digo, contando los segundos hasta que se dé cuenta de lo que hizo esta vez.

Diez segundos.

¡Diez segundos!

—¡Mierda, Ethan! —dice, acordándose finalmente.

La ira corre por mi sangre.

—Se suponía que debías recogerlo hace dos horas.

Mira por encima de mi hombro.

—¿Dónde está?

—Arriba haciendo la tarea, no es que realmente te importe.

—¡Me importa! —gruñe en respuesta.

La miro fijamente.

—¿De verdad te importa? ¿Desde cuándo? —escupo. No debería ser yo quien críe a mi madre. Se suponía que este no era mi trabajo.

—Soy tu madre —argumenta débilmente.

Bufo. No ha sido una madre para nosotros en años. Tuve que criarme y a Ethan también.

—¿Es así como te quieres llamar ahora? Porque parece que estás olvidando cuál es tu papel.

De repente contrita, ella se acerca a mí, enmarcando mi cara con sus palmas.

—Lo olvidé, ¿de acuerdo? —dice suavemente. Coloco mis manos sobre las de ella, separándolas de mi cara. No le daré la absolución que busca.

—Sí, así fue. —Olvidó que es madre, que tiene hijos, que no debe consumir drogas. No puedes olvidar a tu hijo en la escuela durante dos horas porque estás demasiado ocupada drogándote.

Estas son todas las cosas que quiero decirle, pero no. Porque ya lo dije todo en vano.

Supongo que ella también ha olvidado cómo escuchar.

———

—¡Amigo, no puedes dejar el equipo! —George dice mientras empaco mis cosas del vestidor de hombres.

Suelto un suspiro. Mi madre se ha olvidado de recoger a Ethan no una vez, sino todos los días de esta semana. No puedo seguir saliéndome del entrenamiento temprano para ir a buscarlo.

—No tengo otra opción.

Sé que el entrenador entiende, ya que él es el único que tiene una idea vaga de cómo es mi vida en casa, pero no puedo seguir haciéndole esto al equipo. Un mariscal de campo es una de las piezas realmente importantes en el tablero, una pieza que debe permanecer constante.

—Eres el mariscal de campo —dice Tyler. No entiende mi situación, probablemente porque no he dicho nada. A nadie. Estoy muy avergonzado.

Sacudo la cabeza

—Ya no.

—¿Qué pasa con la beca para la universidad? — pregunta George—. Tendré que apuntar a una por mérito.

La verdad es que una beca universitaria no importará porque de ninguna manera se me permitirá llevar a

Ethan a los dormitorios conmigo. Y no puedo vivir con él en el campus mientras voy a la escuela.

Lo mejor que puedo hacer es graduarme del bachillerato y conseguir un trabajo para poder alquilar un lugarcito para nosotros.

Quizás cuando Ethan termine el bachillerato y vaya a la universidad, pueda yo pensar en la universidad para mí.

—¿De verdad, una beca de mérito? —Tyler dice, riendo. Lo golpeo en el hombro—. Tengo puras...

—Amigo, cuidado con el brazo. Puede que hayas terminado con el fútbol, pero yo no puedo lastimarme si vamos a intentarlo y no nos maten esta temporada debido a que jugaremos con el segundo mariscal de campo con el que nos dejas.

—No es tan malo —les digo.

Tyler y George abren sus casilleros al unísono, mirándome incrédulos.

—¿No tan malo? —dice George—. ¡El tipo no puede completar un pase!

—El tipo se asusta cuando ve a los jugadores corriendo hacia él —agrega Tyler.

—Ningún mariscal de campo quiere que lo agarren —le digo. Es verdad.

Ni tampoco quieren recibir un golpe.

Miro mi uniforme, mi número y mi apellido en la parte

de atrás. Voy a extrañar hacer esto. Jugar al fútbol fue mi refugio del caos que es mi vida, pero es hora de crecer. Tengo a alguien más que tengo que proteger. Aunque amo el fútbol, amo a mi hermano mucho más.

—Sólo digo que estamos a punto de empezar un período de sequía —dice George y todos nos reímos. No es que hayamos ganado todos los juegos; somos un oponente digno, pero lejos de tener una temporada perfecta.

—Esperemos que sea corto —dice Tyler, levantando su bolso del banco y tirándolo en su casillero.

—¿Entonces, no te quedas a entrenar hoy con nosotros? —pregunta George.

Cierro mi casillero.

—Amigo, ya no voy a jugar. ¿Por qué razón me quedaría? —Miro mi reloj. Tengo que estar en la escuela de Ethan en unos minutos.

Tyler empuja a George y le da una mirada de ¿es en serio?

—Me tengo que ir —les digo.

—Echaremos de menos jugar contigo —dice Tyler, sin miedo a expresar sus pensamientos.

—Todavía somos amigos —les aseguro.

—Como somos amigos, haré una fiesta el próximo fin de semana. Mis padres estarán fuera. Podemos celebrar o compadecernos del hecho que dejas el equipo. ¡Más te vale que estés allí! —George dice.

—Intentaré ir por un par de horas —le digo, sabiendo que no sucederá. No hay forma de que deje a Ethan solo con mamá para poder irme de fiesta.

2

Ha pasado una semana desde que dejé el fútbol y lo extraño mucho. Era mi única salida y ahora se ha ido. En cambio, tengo que mitigar el impacto que el hábito de las drogas de mi madre tiene en la vida de mi hermano menor. Cuando llego a casa, puedo escuchar el sonido de los muebles que se mueven o son tirados al piso.

—¿Qué hiciste? —Richard me ladra en el mismo momento que abro la puerta.

Lo miro con desdén.

—¿De qué estás hablando? —pregunto, pretendiendo no tener ni idea.

Él cierra la distancia entre nosotros un paso a la vez.

—Tú *sabes* de qué estoy hablando.

Lo desafío porque si no fuera por él, probablemente no

estaríamos en este lugar en este momento, mi madre no estaría así como está.

Me encojo de hombros casualmente.

—No, no tengo idea. —Me doy la vuelta y me dirijo a mi habitación, pero no doy dos pasos antes de que me golpeen contra la pared.

Richard se inclina cerca de mi oreja, su antebrazo en la parte posterior de mi cuello me sujeta en su lugar.

—¿Dónde las pusiste? —Exige en un tono lento. Cuando me quedo en silencio, me agarra del hombro y me da la vuelta. Atrapado entre él y la pared, siento la furia golpeando mi sangre. Y quiero romperle la cara a puños.

Pero me contengo.

—¿Dónde? —grita. Richard me mira con los ojos enrojecidos. Aun así, no digo nada. Con un gruñido frustrado, lleva sus dos manos a mi garganta, envolviendo sus dedos con fuerza hasta que corta el aire.

Jadeo fuertemente, mi respiración apenas un susurro mientras digo—: En la basura.

—¿Las tiraste a la *maldita* basura?

Él me suelta y se dirige hacia la cocina. Lo escucho volcar la bolsa de basura, buscando las drogas responsables de destruir a mi familia.

Jodida mierda.

Me acerco a donde está, observando mientras busca algo que no encontrará.

—¿Dónde están? —grita, volviéndose brevemente hacia mí antes de regresar a su búsqueda. Miro hacia el patio a través de la ventana de la cocina.

Richard sigue mi mirada.

—Maldita sea —gruñe. No sé por qué sigo parado aquí, mirándolo mientras escarba. Puede que esto no termine bien para mí, pero no me importa.

Hoy no.

Richard abre la puerta del patio trasero, tirando de ella con tanta fuerza que se salen las bisagras. Mentalmente, cuento cuánto tiempo le tomará regresar con las manos vacías. Una sonrisa tortuosa aparece en mi rostro cuando lo imagino buscando en la basura con sus propias manos, buscando sus preciosas drogas.

Es una pena que las tire todas por el inodoro.

—¿Qué mierda hiciste? —grita, volviendo a la cocina.

—Oh, espera. ¿Te refieres a tus *drogas*? —pregunto.

—Sí —dice con los dientes apretados.

—Pensé que estabas preguntando sobre otra cosa.

—¿Sobre qué más estaría preguntando, dónde están?

—Las tiré por el inodoro —respondo y dolor irradia de mi boca. Richard me golpea por segunda vez, la sangre brota de mi labio partido. Apretando mi camisa con ambas manos, me tira al suelo y me patea las costillas.

—¡Bastardo! ¿Sabes cuánto pagué por eso? —pregunta, pateándome de nuevo.

Una patada.

Dos.

Tres.

Con un grito inarticulado, se da la vuelta y se agarra el pelo desesperadamente. Tan silenciosamente como puedo, me levanto del suelo y me acerco sigilosamente detrás de él. Con la velocidad del rayo, envuelvo mi brazo alrededor de su garganta, apretando mi agarre mientras él comienza a luchar. Richard intenta hacerme palanca, pero yo soy más fuerte que él, lo he sido por un tiempo.

Lo dejé tener algunos golpes hoy, pero él tiene que saber que eso fue mi elección. Por alguna razón, quiero hacer daño, sentir ese dolor, pero ahora voy a lastimarlo.

—¿Que...? ¡Aron, detente ahora mismo! —grita mi madre, apresurándose a ayudar a Richard.

—¿Qué está pasando? —Escucho a alguien decir.

Ethan.

¿Qué está haciendo él aquí al mediodía?

Sé que él ve la sangre corriendo por mi cara. Sé que él ve la forma en que estoy agarrando a Richard.

La forma en que Richard está luchando. Lo miro y siento su miedo.

Puedo ver cada pregunta en su mente y estoy enojado conmigo mismo por haberlas puesto allí en primer lugar.

Casi no siento a mi madre tirando de mí, golpeándome, rogándome que deje ir a Richard. Soy insensible a todo.

—Estás sangrando, Aron.

Esas son las palabras que me rompen, sacándome de mi estado. Las palabras de mi hermano menor mezcladas con preocupación y confusión son las que hacen que suelte a Richard.

Richard cae al suelo, agarrándose el cuello y jadeando por aire. Mi madre se cae a su lado y le pregunta cómo está, si está bien.

Sin embargo, ella me ignora.

Ella ignora el hecho de que estoy sangrando. Richard tiene toda su atención.

—Estoy bien, amigo. —Trato de asegurarle a Ethan, pero siento que de alguna manera he roto su imagen de mí. Lo he decepcionado y eso me duele más que los golpes y patadas que Richard me había dado antes.

Soy un idiota.

Me dejé llevar tratando de hacer enojar a Richard.

—¿Por qué saliste de la escuela tan temprano? —pregunto, limpiando la sangre de mi cara.

Él ignora mi pregunta.

—¿Por qué estaban peleando?

—Nada más le estaba mostrando a Richard algo que aprendí, en realidad no estábamos peleando.

Alza la mano para tocar mi boca, pero yo me alejo.

—Estás sangrando —dice.

—Oh... me caí y no me limpié. —Odio que le estoy mintiendo, pero no quiero que piense lo peor de mí.

—No quiero que pelees, incluso si es solo para mostrarle algo a Richard —dice inocentemente.

—Está bien, prometo que no lo haré —le aseguro, guiándolo por las escaleras hasta su habitación y lejos de mamá y Richard—. ¿Entonces, por qué estás en casa tan temprano?

—Empezó a caer agua por todo el salón.

—¿Se rompió una tubería? —pregunto.

—Sí, llamaron a mamá.

—¿Ella te recogió?

Él sacude su cabeza.

—No, la mamá de Lance me trajo —responde y eso tiene más sentido para mí.

—Voy a ir a limpiarme y cuando regrese, podemos ir a un lugar especial —le digo, rezando para que pueda borrar lo que acaba de presenciar.

—¿Vamos por un helado? —pregunta esperanzado.

—¡Helado y a otro lugar también!

Él asiente ansiosamente, y aprovecho eso como mi oportunidad de salir de su habitación y recomponerme. No quiero ser el que le cause pesadillas.

3

GRITO A TODO PULMÓN, DEJANDO SALIR TODA LA
FRUSTRACIÓN, LA IRA Y EL DOLOR.

—¿Vas a intentarlo o no? —George me pregunta desde su asiento en el sofá. Después de todo, decidí ir a su fiesta, especialmente porque Ethan está durmiendo en la casa de su amigo Lance.

Los padres de George están fuera de la ciudad durante el fin de semana, y confiaron en que su hijo de diecisiete años se quedaría en casa y no organizaría una fiesta. Gran error.

La casa tiene tanta gente que sus padres no sabrían qué les golpearía si se atrevieran a regresar antes de lo previsto a casa. Tomo otro trago de mi cerveza y la dejo sobre la mesa.

Sacudo la cabeza.

—No, estoy bien.

—Tienes que probarlo al menos una vez —grita Tyler

sobre la música, tomando una fumada del porro en cuestión.

—En serio, amigo. Pruébalo y luego puedes quitarlo de tu lista —dice George, tratando de persuadirme. Las drogas *no* están en la lista de cosas que quiero hacer, pero siempre me he preguntado qué las hace tan atractivas.

¿Qué las hace tan buenas que mi madre se rinde a ellas cada día?

—A la mierda —murmuro por lo bajo—. Pásalo.

Algunos lo llamarían presión de grupo; yo lo llamaría investigación.

—Solo recuerda: inhala, lo aguantas por un momento y luego lo sueltas —dice Tyler, guiándome en el proceso.

—Lo que sea. —Tomo una fumada, aguantándome la respiración todo el tiempo que puedo. Sin embargo, cuando lo libero, empiezo a toser como loco.

—Amigo, respira —dice George, riendo.

—Cállate —respondo, todavía incapaz de evitar toser. Agarro mi cerveza de la mesa y me la tomo de un trago.

—La primera vez siempre apesta. ¿Quieres intentarlo otra vez? —George pregunta, mirando el porro que estoy tratando de devolverle. Lo miro fijamente, disfrutando de la sensación de flotar que me inunda. Sé que la droga preferida de mi madre es la cocaína y, a veces, la heroína, lo que sea que esté disponible, pero eso no es con lo que comenzó. Esto era con lo que inició. La idea me golpea de la nada, lamento haberme consumido tan rápido.

—Estoy bien —digo, volviendo a mis sentidos. Me dije a mí mismo que nunca fumaría. Nunca me rendiría ante el maestro que controla a mi madre. Sintiendo que no solo me traicioné a mí sino también a Ethan, me levanto y voy a la cocina. Necesito respirar por un minuto. Tomo otra cerveza del refrigerador, la abro y la tomo de un solo trago.

Sé que probablemente sea un poco hipócrita decir que no a las drogas y luego beber alcohol, pero necesito algo para calmarme un poco. Necesito olvidar lo que es caminar y encontrar a mi madre con una aguja en el brazo o con la nariz pegada a la mesa.

Tomo una segunda cerveza del refrigerador, sintiéndome más calmado, y me uno a los chicos en el sofá.

Me tomo el resto de mi bebida, sintiendo el subidón gotear por mi cuerpo, adormeciéndome. Intento concentrarme en la sala, en la forma en que las personas bailan juntas, besándose entre ellas. No sé cuánto tiempo pasa antes de sentir que alguien sube sus dedos por mi pecho. Me giro y encuentro a una chica sentada en mi regazo.

¿Cuándo diablos sucedió eso?

No me siento completamente como yo en este momento.

—Hola, cariño —dice, mirándome con ojos hambrientos. Mirando más allá de ella hacia Tyler y George, ellos me dan el visto bueno y guiñan un ojo.

—¿Por qué no me llevas arriba? —dice ella. Intento concentrarme en su rostro en un intento de averiguar de dónde la conozco.

¿Tenemos una clase juntos?

—Puedes ir a mi habitación —dice George con una sonrisa.

—Vamos —le digo.

La chica se levanta de mi regazo y yo camino delante de ella, llevándola hacia las escaleras. Llego hasta la parte de arriba, sin molestarme en mirar detrás de mí para ver si ella me está siguiendo. Estoy seguro de que ella lo hace.

Abro la segunda puerta a la derecha, dejándome entrar en la habitación de George. Al encender la luz, siento a la chica detrás de mí, tratando de levantar mi camisa.

—Hey—le digo, deteniendo sus movimientos.

—¿Estás listo? —pregunta, como si estuviera a punto de cambiar mi vida.

No lo creo.

Miro la forma en que se balancea.

—¿Cuánto has bebido?

Ella pone mala cara.

—Sólo un par de cervezas. ¡Ah, y dos tragos! —Aunque sus labios dicen dos, sus dedos señalan tres.

Sacudo la cabeza

—Súbete a la cama.

Ella sonríe, pateando sus zapatos y haciendo lo que le dije.

—Debajo de las mantas —la instruyo. Ella me mira, perpleja, antes de hacer exactamente lo que yo digo. Tan pronto como se pone cómoda, bosteza.

Bien.

Apago las luces.

—Ven conmigo —dice ella, tropezando con sus palabras.

Me doy la vuelta y abro la puerta.

—No esta noche.

—¿Qué, por qué?

—No me acuesto con chicas borrachas —le digo. Cierro la puerta detrás de mí y salgo. Me paro fuera de la habitación, oyendo su grito exasperado. Unos minutos más tarde, sin embargo, todo está en silencio.

Bajo las escaleras y encuentro a Tyler y George en el mismo lugar donde los dejé.

—¡Buen hombre! —George dice, chocándome los cinco mientras me siento en el sofá.

Tyler también me anima.

—¡Manera de manejar esa mierda!

No me molesto en decirles que no me acosté con ella. Les dejo pensar lo que quieran.

Soy un imbécil, pero no voy a aprovecharme de una chica borracha.

ME QUEDO CON LOS CHICOS POR UN PAR DE HORAS MÁS, esperando hasta que esté lo suficientemente sobrio para conducir. Me despido y salgo para afuera, sentado en mi auto por un momento. No quiero irme a casa. No quiero estar allí, para enfrentarme a la posibilidad de ver a mi madre inconsciente. Ethan no está allí, así que realmente no necesito ir a casa todavía. A medida que me acerco a la vuelta que me llevará de regreso a mi casa, me pregunto si debería seguir conduciendo, para aprovechar esta oportunidad y tener un tiempo libre porque no sucede con frecuencia.

Dejo pasar mi calle mientras me dirijo hacia la autopista. Conduzco por la carretera interestatal, eventualmente dando vuelta en un camino familiar. Unos minutos más tarde, reduzco la velocidad del automóvil para detenerlo por completo. Al salir, cruzo la calle y entro en un gran campo. Sobre mí, el cielo se extiende para siempre, las estrellas arden brillantemente en una manta de seda azul oscuro.

Al pasar, toco los delicados pétalos de las flores dormidas. Aquí es donde traje a Ethan después de ir a tomar un helado el otro día, el día que su imagen de mí comenzó a desmoronarse. *Eso fue mi culpa.* Quería que viera las flores, el espacio abierto. Quería que corriera libremente, que hiciera lo que quisiera. Que fuera simplemente un niño.

Mientras camino por el campo, recuerdo lo mucho que se rio persiguiéndome mientras jugábamos. Su risa despreocupada me hizo sonreír a cambio. Me recordó cómo jugábamos a las escondidas hace mucho tiempo. Estar aquí con él me ayudó a olvidar las cosas malas, aunque solo sea por un momento.

Mirando alrededor del campo oscuro masivo, parece más grande. Continúo caminando sin rumbo y cuando me encuentro en lo que creo que es el medio, abro los brazos y doy la bienvenida al viento fresco.

Son las tres de la mañana, así que no hay nadie cerca. No hay nada a la vista en millas.

Entonces, lo dejo ir.

Grito a todo pulmón, dejando escapar toda la frustración, la ira, el dolor.

Grito hasta que mi garganta está cruda y las lágrimas pican mis ojos. No sé si ayudará, pero en este momento en particular, se siente bien. Mis piernas parecen ceder entonces y me derrumbo en el suelo. Respirando el aire fresco de la noche, pienso en el futuro, en lo que quiero hacer con mi vida, en quién quiero convertirme.

Pero al igual que el viento hace que las flores se muevan, mis sueños vuelan con él.

4

YA NO ES SUFICIENTE.

Han pasado dos semanas desde el incidente con Richard, y la tensión en la casa es casi insoportable. Mi madre no me mira a los ojos desde que lastimé a su precioso traficante de drogas. Cuando puedo y cuando sé que Ethan está en un lugar seguro, salgo con los chicos. Esta noche, decidieron que comenzaríamos a celebrar mi cumpleaños. Eran los únicos que lo recordaban, y cuando me dieron trago tras trago, los derribé.

Ahora, me llevan a casa, aunque no puedo abrir los ojos lo suficiente como para ver quién es.

—Ve a dormir y que se te pase, Lincoln —me dice, estirándose por enfrente de mi para abrir la puerta. Me caigo del asiento del pasajero del auto, me levanto y me tropiezo en los escalones de mi casa. No pensé que estaba tan borracho.

En realidad, es un milagro que esté caminando en primer lugar. Debería estar inconsciente en alguna parte. Llego a la puerta principal y giro el pomo. Está cerrada. Balanceándome, me busco los bolsillos hasta encontrar las llaves. Detrás de mí, el auto que me dejó arranca y se aleja, y brevemente me pregunto quién era. Entrecierro los ojos, concentrándome en las luces traseras que se mueven cada vez más en la distancia a medida que se acerca otra luz.

El sol.

Recordando la tarea en cuestión, saco mis llaves de mi bolsillo e inserto cada una en la cerradura hasta que encuentro la que encaja perfectamente.

Al girar la llave hacia la izquierda, abro la puerta y entro. Todas las luces están apagadas, y mientras el sol se asoma entre las nubes, el silencio en el que entro me asegura que todos todavía están dormidos.

Doy los pasos de dos en dos, paso por la habitación de mi madre, pero me detengo frente a la de mi hermano menor. Sé que está durmiendo en la casa de otro amigo esta noche, pero todavía abro la puerta. Esperando que esté vacía, me sorprende ver una pequeña figura durmiendo en la cama.

Internamente, entro en pánico. Se suponía que no debía estar en casa esta noche. Saber que él no iba a estar aquí fue la única razón por la que me permití salir en primer lugar. Me acerco a su cama, teniendo el mayor cuidado posible para no despertarlo, y miro para ver que está bien.

No creo que mi madre lo lastimaría físicamente, es la cicatriz emocional la que más temo, pero de todos modos lo compruebo. Satisfecho, cierro su puerta y me dirijo a mi habitación. Sin molestarme ni siquiera en quitarme los zapatos, me dejo caer en la cama y me rindo para dormir; tanto la fatiga como la culpa son mis mantas.

Unos gritos horrendos me despiertan.

—¿Dónde están? —alguien grita. La pregunta es demasiado familiar, y ahí es cuando me doy cuenta de que Richard ha vuelto.

—Yo... —dice mi madre, pero no escucho todo lo que agrega.

—¿Las tomaste? ¡Me estás tomando el pelo! —Richard grita de vuelta.

—Necesitaba un poco. Lo siento.

—¿Dónde está el dinero de eso?

—No tengo nada —dice, sollozando.

Sacudo la cabeza, sintiendo un fuerte dolor de cabeza. Me levanto, yendo a la habitación de Ethan. Él no debería tener que escuchar esto.

Abro su puerta un poco, encontrándolo todavía dormido. Lo miro por un instante, deseando poder hacer mucho más para protegerlo.

Enciendo la bocina que guardamos junto a su mesita de noche. George estaba a punto de tirarla a la basura, así que le pedí que se la diera a Ethan. Ethan estaba realmente emocionado de tener algo para escuchar música. Estaba emocionado de tener algo que ahogaría el ruido justo afuera de su puerta, como los gritos y alaridos que se escuchan en este momento.

Encuentro una de sus canciones favoritas en un viejo iPod que me regaló Tyler y la pongo a sonar. No subo el volumen porque no quiero despertarlo.

Cerrando su puerta, camino en silencio escaleras abajo.

—¡Apártate de mí! —Richard grita. En la cocina, me disgusta la escena que me encuentro. Mi madre está de rodillas, agarrada a la pierna de Richard como si de ello dependiera su vida.

Está sollozando tanto que tiene el rímel todo chorreado por las mejillas.

—¡No te vayas! Te conseguiré algo de dinero. Lo prometo —suplica ella.

—¡Quítate! —Cuando ella niega con la cabeza, él comienza a caminar hacia la sala de estar, arrastrándola con él.

—¿Pueden ambos dejar de gritar? —Digo con voz baja. No quiero aumentar el ruido, despertar a Ethan.

Richard se da vuelta y me mira.

—¡No te metas en lo que no te importa, idiota!

—Gilipollas —digo en voz baja. Miro a mi madre, pero ella ni siquiera me voltea a ver.

—¡Quítate que me estorbas! —Richard dice, mirándola, pero sus palabras están dirigidas a mí. Él separa las manos de mi madre de su pierna, empujándola tan fuerte que golpea la pared con un ruido sordo.

Agarrando en mis puños la camisa de Richard, me pongo muy cerca de él, ansioso por comenzar una pelea. De nuevo.

—No vuelvas a tocarla nunca más —digo cada palabra lentamente mientras espero que él recuerde quién estaba rogando por aire la última vez.

—¿O qué? —escupe de vuelta—. ¿Qué harás?

Dice esto con un aire de confianza, una sonrisa petulante, y levanto mi brazo hacia atrás, listo para tumbarle los dientes que le quedan.

Estoy atónito cuando mi madre me pasa los dedos por la muñeca y me aprieta.

—Detente, Aron.

Mis ojos se dirigen hacia ella por un segundo antes de volverme hacia Richard.

—Sal de nuestra casa y nunca vuelvas —le digo. Saber que mi madre todavía está parada justo detrás de mí me da la seguridad de que finalmente ha visto a través de su acto, puede ver el mal que él trae.

—No te atrevas a hablarle de esa manera.

El tono de mi madre es bajo, peligroso, me ha agarrado con la guardia baja; nunca la había escuchado hablar así antes. Me doy vuelta, atónito al ver que me está hablando como si yo fuera el enemigo.

—Es un pedazo de mierda —le digo, tratando de llegar a ella.

Ella me golpea con fuerza en la cara, el sonido hace eco en las paredes.

Cierro los ojos y respiro hondo. Reteniendo las lágrimas.

No por la bofetada, sino por lo que confirma. A mi madre no le importo una mierda. Lo único que le importa es él y sus drogas.

—Volveré más tarde —dice Richard con satisfacción en su voz. Mi madre le ruega que se quede, pero a juzgar por el sonido del portazo, creo que sus súplicas no tienen respuesta. Me quedo allí, preguntándome qué le pasó a la mujer que solía conocer.

—Hijo —dice ella, su voz tiembla mientras se aleja de la puerta cerrada y me mira.

Sacudiendo mi cabeza, empiezo a caminar de regreso hacia las escaleras.

Ella lloriquea, sorbiendo por la nariz.

—Lo siento mucho —dice con la voz quebrada.

Su disculpa me hace estremecer; estoy experimentando

déjà vu. Lamentablemente, hemos pasado por esto antes. La miro por última vez y veo el arrepentimiento pintado en su rostro.

Lástima que no sea suficiente. Ya no lo es.

—Siempre dices lo mismo.

5

—¿Podemos parar a tomar un helado? —Ethan pregunta en el momento en que se mete en el asiento trasero del viejo auto de mi papá. Es lo único que dejó atrás el día que nos dejó.

A veces todavía no puedo creer que hayan pasado casi diez años. Lo recuerdo como si fuera ayer...

Mi mamá estaba embarazada de Ethan, se veía resplandeciente de alegría. Recuerdo su largo cabello ondeando al viento mientras organizaba un picnic en el patio. Quería sorprender a mi papá con eso cuando llegara a casa del trabajo. Yo tenía siete años, pero estaba tan emocionado de comer bocadillos y pasar tiempo con mis padres.

Para ser honesto, estaba un poco celoso de que otro niño estuviera en camino. Quería ser el único niño, el único hijo. No quería compartir el amor de mis padres. Entonces, estaba aprovechando todo el tiempo que podía tener con ellos antes de que llegara el bebé y me los quitara. Sabía cómo se ponen los padres con un nuevo bebé. Lo comparé con mi reacción cuando obtuve un juguete nuevo: los viejos olvidados.

Corrí hacia la puerta en el momento en que vi el auto de mi papá llegar a la entrada. Grité ansiosamente su nombre, pero no me escuchó. Parecía diferente de alguna manera, parecía triste. Le pregunté cómo había ido su día, pero él me ignoró. Simplemente colgó su abrigo, dejó su maletín y caminó directamente hacia el patio.

Lo seguí hasta que me dijo que subiera y jugara.

Le rogué que me dejara ir afuera, pero él dijo que no.

No quería perderme la comida y quería jugar con ellos. Pero mi padre dejó en claro que debía quedarme dentro de la casa y no salir a menos que él lo dijera. Yo estaba confundido. Mi padre nunca me había hablado así antes. Me preguntaba si el efecto del bebé ya se había apoderado de él; ni siquiera estaba fuera del estómago de mi mamá todavía. ¿Querían estar juntos, sólo ellos tres?

No subí a mi habitación de inmediato. En cambio, me quedé junto a la ventana de la cocina, tratando de ver qué estaba pasando en el patio.

Vi que los ojos de mi madre se iluminaban cuando ella se levantó tambaleándose de la manta que había puesto en el piso, lista para abrazarlo y darle la bienvenida a casa.

Él evitó su beso, volteando su cara.

Los ojos de mi madre estaban llenos de preguntas, preguntán-

dose qué estaba pasando. Sabía, incluso a esa temprana edad, que ella le preguntaba si algo andaba mal.

Él le habló, ella lo miraba intensamente. Ella no parecía moverse hasta que mi papá dijo algo que la hizo taparse la boca con la mano.

Las lágrimas comenzaron a correr por su rostro.

Ella negó con la cabeza mientras mi papá se quedaba ahí parado. Él no trató de detener las lágrimas.

Nunca antes había estado enojado con mi padre, pero él estaba haciendo llorar a mi madre.

Se suponía que no debía hacer eso.

Él regresó a la cocina, apenas mirándome, y entró en la sala de estar. A continuación, lo vi recoger su maletín.

Acercándome con cautela, le pregunté——: ¿A dónde vas, papá?

Poniéndose el abrigo, me miró brevemente antes de abrir la puerta y alejarse.

TODAVÍA RECUERDO EL SONIDO DE LA PUERTA QUE SE CERRÓ en mi cara.

Esa fue la última vez que escuché de él. Después de que él se fue, las cosas estuvieron bien durante unos años, mi madre lo estaba manejando bastante bien, pero tres años después todo cambió. Cuando yo tenía diez años, Richard entró en nuestras vidas, sacudiéndolo de nuevo.

—¿Hola estás ahí, podemos por favor comprar helado? —Ethan pregunta sacándome de mis pensamientos. No me di cuenta de que me había sumergido tanto en mis recuerdos.

—Sí, por supuesto, amigo. Nos detendremos en nuestro camino a casa —le digo. Poniendo el auto en marcha, miro a mi hermano menor. Aunque no recuerdo mucho más sobre mi padre, recuerdo más de lo que Ethan lo hará. Él nunca conoció a nuestro padre, ni siquiera ha visto una foto de él. Mi madre borró su memoria de nuestras vidas esa misma noche.

Quiero decir, ella me contó historia tras historia. Mi padre perdió su trabajo. Mi padre dejó de amarla. Él no quería la carga de ser padre. Él estaba teniendo una aventura. Ella seguía dándome razón tras razón, excusa tras excusa, pero la historia cambiaba cada vez, así que no sé qué creer.

Todo lo que sé es que mi padre no era un hombre de verdad. Un hombre de verdad no abandona a su esposa embarazada, ni a sus hijos.

Ahora, sólo lo recuerdo como la persona que causó que mi madre hiciera una mala elección tras otra. Me doy cuenta de que no es del todo culpa suya, pero si no fuera porque él nos dejó, tal vez ella sería diferente. Quizás ella estaría bien.

Sacudiendo mi cabeza, empujo mis pensamientos y preguntas, salgo del estacionamiento y me dirijo hacia la heladería.

———

—Gracias por traerme a comer helado —Ethan dice el momento en que llegamos a casa.

Le muevo el pelo con cariño mientras digo—: No hay problema amigo.

—Deberíamos hacer eso todos los días —dice con una sonrisa.

Sí, *claro*—. No te voy a comprar helado todos los días. Quizás una vez a la semana. Podemos hacer helados los viernes.

—Eso me parece muy bien —dice con una sonrisa.

Sacudo la cabeza cuando me doy cuenta de que me ha engañado.

—Veo lo que hiciste allí —le digo con orgullo. Será un gran negociador. Me pregunto qué querrá estudiar en el futuro. Me pregunto en quién se convertirá.

—Tienes que ser más inteligente que yo —dice, dándome palmaditas en la espalda.

Asiento con la cabeza.

—Estoy de acuerdo. No puedo dejar que me engañes así. —Subo los escalones hasta la habitación de Ethan de dos en dos y cuando me doy vuelta, lo veo haciendo lo mismo. Me está imitando, haciendo lo que yo hago.

Trabajando en esa teoría, sigo los pasos uno a la vez, sonriendo cuando lo veo copiándome de nuevo.

Él quiere ser como yo, lo que me hace querer ser mejor. Para él.

Cuando llegamos a la cima de las escaleras, caminamos directamente a su habitación para comenzar su tarea.

—Nada más voy a cambiarme —le digo—. Vuelvo enseguida.

Dejo que Ethan saque sus libros mientras voy a mi habitación y me pongo algo más cómodo. Agarrando los libros y cuadernos que necesito para mi tarea, camino hacia la habitación de Ethan.

Estoy a punto de abrir la puerta de la habitación cuando escucho el sonido del agua corriendo. No pienso en nada hasta que veo un pequeño charco de agua frente a la puerta de la habitación de mi madre.

Maldiciendo por lo bajo, dejo los libros en una pequeña mesa y en su lugar camino hacia su habitación.

Entro en una habitación inundada, mi exasperación aumenta.

—¿Mamá? —la llamo—. ¿Jennifer?

Tal vez ella responda a eso en su lugar. Después de esperar unos segundos más, giro la perilla y entro al baño...

Donde encuentro a mi madre en el suelo.

Moviéndome rápidamente, cierro la llave del agua de la ducha y luego verifico el pulso de mi madre.

Es débil, pero está ahí.

La sacudo para intentar despertarla.

—¿Mamá? —Echo un vistazo detrás de mí para asegurarme de que la puerta esté cerrada. No quiero que Ethan venga aquí. No necesita ver esto—. ¡Mamá!

Ella no responde.

Miro hacia abajo y encuentro una botella vacía de Oxy en el suelo. Hay algunas píldoras dispersas, pero la mayoría se han ido.

Ella debe haberlas tomado todas.

Mierda.

—¿Qué debo hacer? —Pregunto en voz alta. Necesito sacar las drogas de su cuerpo. Girándola de costado, le abro la boca y empujo mis dedos por su garganta hasta que comienza a tener arcadas. Convulsionando, vomita y cuando termina, lo hago una y otra vez hasta que siento que no queda nada en su estómago.

Durante unos minutos agonizantes no sé si lo que he hecho sea suficiente.

Pero luego un poco de color vuelve a su rostro y sus ojos se abren.

—¿Aron? —dice.

—Estoy aquí —aseguro.

Con un gruñido, la levanto del piso y la ayudo a subir a la bañera.

Todavía vestida, abro la llave del agua, observándola caer sobre ella, lavando la evidencia.

Me mira y veo la decepción en su rostro. Es la misma decepción escrita en la mía.

Confiando en que pueda sentarse sin ayuda, tomo algunas toallas de debajo del fregadero y comienzo a secar el piso.

—Sácame de aquí, Aron —dice ella después de unos minutos.

Cerrando la llave del agua, la seco con una toalla sobre su ropa luego la ayudo a ir a su habitación. Agarrando uno de sus viejos camisones de su armario, lo pongo a su lado y luego termino de limpiar el piso del baño. Cuando salgo, encuentro a mi madre en la misma posición en que la había dejado, con los ojos bajos y las lágrimas cayendo por su rostro.

—¿Puedes vestirte? —le pregunto, las toallas mojadas en mis brazos.

Ella no responde, pero estoy demasiado enojado para intentarlo más. Camino hacia la puerta.

—Lo siento —dice ella mientras giro el pomo y salgo.

Tirando las toallas a la lavadora, me dirijo a mi habitación para cambiarme la ropa mojada antes de volver a la habitación de Ethan.

—¿Qué te tomó tanto tiempo? —pregunta en el momento en que entro por la puerta.

Forzo una sonrisa.

—No podía encontrar mi cuaderno.

—Realmente necesitas ponerte listo, hermano —bromea.

—Eso es lo que necesito —le digo, revolviendo su cabello.

Sentado en la silla junto a él, trabajamos en su tarea y la mía por el resto de la noche. Voy abajo para agarrarle un bocadillo y luego algo de cenar. Cuando se duerme, me quedo en la habitación con él.

Sé que incluso si lo intento, no podré descansar esta noche.

6

—¿QUIERES DESAYUNAR HUEVOS REVUELTOS? —MI MADRE
me pregunta por segunda semana consecutiva. En serio,
la segunda semana. La estudio por unos minutos, asombrado por el progreso que ha logrado.

El día después de que encontré su cuerpo casi sin vida en
el piso del baño, se disculpó conmigo.

Lloró.

Me abrazó

Estaba enojada consigo misma.

Finalmente entendió lo que nos estaba haciendo, y
aunque sé que debe haber sido una realización terrible,
es lo que necesitaba. Las experiencias cercanas a la
muerte tienden a dar a las personas la llamada de atención que necesitan.

—Estoy bien, gracias —le digo.

—¿Estás seguro? Debes asegurarte de que estás comiendo bien para poder jugar —me dice.

Miro a Ethan, que felizmente come sus huevos revueltos y juega con su iPod. Aunque puede que no sepa todas las cosas terribles que han sucedido, incluso él puede sentir que el aire es más ligero, que todos somos más felices.

—Ya no estoy en el equipo de fútbol —le digo, viendo caer su expresión.

Asiente para sí misma.

—¿Es mi culpa, verdad?

Miro a Ethan.

—No —respondo, pero los dos sabemos que es mentira.

Rodea la mesa de la cocina, jugando con mi cabello como lo hizo cuando yo tenía seis años.

—Lo siento, hijo.

—Está bien.

—No, no lo está.

—No, no lo está —estoy de acuerdo—. Pero ahora estás mejor.

Y lo está. Ella no ha estado usando drogas, ha estado yendo a reuniones grupales y Richard no ha estado aquí ni por asomo. Creo que las cosas finalmente están empezando a mejorar para nuestra familia. ¿Quién hubiera pensado que necesitaba tocar fondo antes de levantarse?

Besa la parte superior de la cabeza de Ethan en el gesto más tranquilo que he visto en años.

—Bueno, ya que estoy mejor ahora, ¿qué tal si vuelves a jugar? —Me pregunta y sus ojos se iluminan.

Yo sacudo la cabeza, no creo que hayamos llegado a ese punto.

—No creo que sea necesario.

—¿Te gusta? —pregunta y yo asiento—. Entonces inténtalo de nuevo. Estoy segura de que el entrenador te dejaría jugar. ¿Eres algo...? —Ella se detiene antes de terminar la oración. Ella no sabría si soy bueno en el fútbol porque nunca ha estado en ninguno de mis partidos. Cuando era más joven, fue mi papá quien jugó conmigo y me enseñó, pero, incluso entonces, a ella nunca le interesó.

—Hablaré con el entrenador —le respondo. No quiero que esté triste. No quiero que piense en sus fracasos, no cuando le va tan bien, no cuando Ethan finalmente tiene una madre que le está prestando atención.

—¡Excelente! Déjame saber lo que dice —dice con entusiasmo y luego le pregunta a Ethan—: ¿Estás listo, niño?

—¿Listo para qué? —Ethan pregunta, finalmente separando la vista de su juego.

—¿La escuela? ¡Tenemos que irnos! —ella dice, tomando los platos vacíos de la mesa.

Ethan me mira y luego vuelve a mirar a mamá.

—Aron generalmente me lleva a la escuela.

—Sí, no me importa llevarlo —repito. Ese ha sido mi papel por un tiempo y admito que se siente extraño dejarla tomar el control. A pesar de los progresos realizados, aún debo ser cauteloso.

—¿Qué tal si tu llevas a Ethan y yo lo recojo? —mi madre sugiere y aunque quiero hacer ambas cosas, decido darle una oportunidad.

7

CADA DÍA VEO MÁS Y MÁS DE LA MUJER QUE SOLÍA SER.

LE DI UN PAR DE SEMANAS ANTES DE PREGUNTARLE AL entrenador si podía volver a formar parte del equipo. Quería dar tiempo antes de dejar a Ethan solo con mamá. Me da vergüenza decir que no confiaba en ella. No creía que ella realmente estuviera mejor. Ella había prometido mejorar antes, fallando cada vez, así que no pensé que esta vez sería diferente.

Todos los días, esperaba que volviera a ser como hasta hace poco, pero no ha sucedido.

Han pasado meses, y ella todavía se levanta temprano cada mañana y tiene el desayuno listo antes de que Ethan y yo nos despertemos. Ella lo ha estado llevando a la escuela y lo recoge por las tardes.

No se ha perdido una sola recogida en la escuela. Tampoco ha tardado en recogerlo. Incluso Ethan está haciéndolo mejor en sus clases.

Anoche, llegué a casa después del entrenamiento y los

encontré a los dos dormidos en el sofá, Toy Story reproduciéndose en el fondo.

Sentí una punzada en el pecho, alejándola casi de inmediato. Sabía que era un destello de celos porque extrañaba tener a *esa* mamá. Entonces, sí, después de darme cuenta de que estaba en la carreta a largo plazo, decidí volver a entrenar fútbol.

GEORGE ME TOCA EN EL HOMBRO EN EL MOMENTO QUE NOS estamos preparando para jugar mi primer partido de vuelta en el equipo, una sonrisa dividiendo su rostro en dos.

—¡Chico, estoy tan feliz de tenerte de vuelta en el equipo!

—Sí, bueno, parece que los extrañé demasiado como para alejarme —le digo con una sonrisa propia. Se siente muy bien estar de vuelta.

—Amigo, íbamos de mal en peor sin ti aquí. El mariscal de campo de reemplazo nunca debería volver a ver una cancha ni en fotos —dice Tyler y yo me río. No están equivocados. El mariscal de campo de reemplazo es tan malo que los muchachos se negaron a llamarlo por su nombre real.

—Todo empezará a cambiar —les aseguro. Puede que me haya perdido un par de partidos, pero nada podría ser tan malo que no se pueda solucionar. Quiero decir, mira a mi mamá. Nunca pensé que cambiaría su vida y volvería a estar en un buen lugar, pero lo está.

—¡Seremos los mejores! —George grita y uno de los otros muchachos lo choca cinco con él en respuesta.

—¿Estamos listos para esta noche? —grito, lo suficientemente fuerte como para que todos los chicos lo escuchen.

Todos me miran.

—¡Si!

—¿Qué vamos a hacer? —grito una vez más, participando en el ritual que generalmente hago antes de nuestro juego.

No me había dado cuenta de cuánto lo había extrañado hasta este mismo momento.

—¡Vamos a ganar! —todos contestan al unísono.

—¿Vamos a qué?

Golpeando los casilleros, gritan—: ¡GANAR! ¡GANAR! ¡GANAR!

TAN PRONTO CUANDO SE ACABA EL TIEMPO, CORRO directamente a donde están sentados Ethan y mi mamá. Estoy experimentando un subidón como nunca antes. El otro equipo no supo ni qué les pasó por encima, incluso nuestros equipos especiales anotaron. Los muchachos salieron e impusieron sus reglas en la cancha.

Ganar este partido y hacer lo que me encanta otra vez no es la única razón por la que no puedo borrar la sonrisa de mi cara. Lo mejor viene de ver a Ethan y a mi mamá en las gradas animándome. Verlos me motivó a jugar el mejor partido de mi vida. Nunca pensé que quería a alguien en mi esquina. No pensé que agradecería tener un padre al que abrazar al final del juego, pero hoy me di cuenta de que siempre he querido todas estas cosas, pero nunca pensé que serían posibles.

Cuando me acerco a ellos, los encuentro a ambos vistiendo los colores de la escuela, riendo juntos, ambos increíblemente felices.

—Hola —les digo con una sonrisa.

Siento las delicadas manos de mi madre rodear mi cuerpo mientras me abraza. Le devuelvo su abrazo como no lo había hecho en años.

—Eres tan bueno, Aron —dice ella, sosteniéndome a la distancia de un brazo, con el orgullo brillando en sus ojos. Veo a la madre que tanto amaba cuando era más joven.

—¡Gracias, mamá! —respondo.

—¡Así se hace, Linc! —Ethan grita, y me agacho para abrazarlo también.

Le muevo el pelo.

—¡Gracias, amigo!

Alguien me da una palmada en la espalda y cuando me doy la vuelta, veo a George parado allí.

—¡Hermano, vamos a tener una pequeña celebración en mi casa!

Sacudiendo la cabeza, digo—: No, estoy bien, quiero irme con mi familia.

Una pequeña celebración para George es el código para una gran fiesta.

—¡Deberías ir a celebrar! —dice mi madre, y yo la miro.

Sacudiendo la cabeza, digo—: Voy a pasar el rato con Ethan esta noche.

—¡Vamos chico! Todo el equipo estará allí y tú eres el mariscal de campo otra vez. ¡Tenemos que celebrar y no podemos hacerlo sin ti! —George me presiona.

Mamá mira a Ethan y luego a mí. Sus ojos se iluminan.

—¿Qué tal si vas a la fiesta y mañana, tú, Ethan y yo podemos tener nuestra propia celebración?

—¿Estás segura, mamá? —pregunto.

—¡Por supuesto!

—¿Está bien con eso, amigo? —le pregunto a Ethan.

El asiente.

—¡Sí! —él responde y luego se vuelve hacia mamá—. ¿Mamá, podemos ver Toy Story 2 esta noche?

48

—¡Por supuesto que podemos!

—Está bien, está decidido entonces —dice George y sacudo la cabeza.

Le doy a Ethan y a mamá un abrazo.

—Gracias por venir a verme jugar. Los veré más tarde.

8

ELLA ME LO PROMETIÓ.

EL EQUIPO ESTÁ EN RACHA. DESDE QUE COMENCÉ A JUGAR hace más de tres semanas, hemos ganado todos los partidos. Puede que no lleguemos al campeonato, pero lo vamos a intentar. Tomo un sorbo de la cerveza que estoy sosteniendo mientras nos sentamos en la sala de estar de George celebrando la victoria.

Sintiendo que mi bolsillo vibra, saco mi teléfono y atiendo la llamada.

—¿Linc? —La voz de mi hermano menor llega del otro lado de la línea.

—¿Qué está pasando? —Le pregunto, poniendo la botella de cerveza en la mesa frente a mí.

—Richard ha vuelto y creo que él y mamá están peleando —dice, con la voz quebrada. Puedo decir que está tratando de no llorar mientras escucha por teléfono.

Me levanto, alejándome del ruido de la fiesta.

—¿Dónde estás?

—Estoy en el armario —susurra. Al menos no puede verlo. Desearía yo nunca haberlo visto.

Intento calmar mi voz para que no sienta el miedo que me está superando.

—Bien, quédate allí —le digo.

—¿Aron? Tengo miedo —susurra. Esa pequeña voz, la voz de un niño que ha pasado por mucho más de lo que debería a su edad, me hace correr en dirección a mi auto. Debería haberme quedado en casa. Me odio por no ver que esto sucedería. Por otra parte, pensé que esta vez ella había cambiado.

—Está bien, amigo; solo quédate en el armario. —Intento reducir la ira, luchando contra las lágrimas que amenazan con derramarse.

No puedo creer que esto vuelva a suceder.

—Ahora están gritando —me dice. Mientras narra cada escena horrible, no deseo nada más que protegerlo de todo este desastre.

—¿Qué hiciste después del partido? —Pregunto, tratando de distraerlo.

—Mamá y yo vimos Toy Story 2 —dice. Hace una pausa y luego agrega—: Algo se rompió.

Salgo corriendo hacia mi auto. Me encuentro con gente mientras me muevo entre la multitud, pero no me importa. Tengo que llegar a mi hermanito.

—Escúchame, ¿de acuerdo? Solo quédate en el armario y piensa en lo que pasó en Toy Story. ¿Puedes decirme qué pasó en la película?—

Empieza a contarme su escena favorita cuando abro la puerta del conductor y entro. Giro la llave de encendido y el motor retumba. Poniendo el auto en marcha, salgo del camino de entrada.

Tengo un enfoque: proteger a Ethan.

Y nada ni nadie se interpondrá en mi camino. Ya no.

Me paso cada luz roja que me encuentro, sabiendo que no es seguro, sabiendo que estoy arriesgando no solo mi vida, sino también otras.

Pero no me importa.

Protegí a Ethan de todo lo que pude. He vivido mi vida como su guardaespaldas, evitando que vea la forma en que nuestra madre ha estado desperdiciando su vida dependiendo de las drogas y convirtiéndolas a *ellas* en su relación más importante.

Al menos pudo ver el lado bueno de mamá: la madre cariñosa y consentidora que le preparó el desayuno y le empacó lunch para la escuela.

Yo tuve la mamá que caminaba por las puertas cada dos días con lágrimas en los ojos, prometiendo que cambiará después de que se entregará al vicio una vez más. Obtuve la versión que me prometió que estaría sobria y volvería a ser la madre que una vez conocí, supongo que no funcionó.

Tomo una vuelta a la izquierda en mi calle, conduciendo tan rápido como puedo. Los sonidos a mi alrededor se silencian cuando dejo que mi necesidad de llegar a Ethan me alimente.

Dijo que las cosas entre ella y ese bastardo habían terminado.

Ella se estaba limpiando. Ella estaba tratando de encontrar un trabajo, tratando de ser una mejor persona.

Ella me lo prometió.

Ella mintió.

9

Las luces rojas y azules parpadean detrás de mí, y sé que debería parar.

Pero no lo hago.

Sigo conduciendo, las luces se mueven cada vez más cerca antes de desaparecer. Al detenerse junto a mí, el oficial de policía ni siquiera me mira. En cambio, él acelera, cortando enfrente de mí bruscamente. Creo por un segundo que va a pisar los frenos, lo que me hará chocar con él, pero no muestra que vaya a hacer eso.

Tomo eso como mi señal para seguirlo; él despejará el camino para que pueda llegar a mi destino lo más rápido posible.

Marco el número que Ethan había usado para llamarme una vez más, pero va directamente al correo de voz.

Sigo conduciendo, atónito al ver que la policía conduce

en la misma dirección que yo, incluso girando hacia mi calle.

En el otro extremo, veo un montón de luces rojas y azules intermitentes.

Tirando del volante, detengo el auto y salgo. Corro hacia mi casa.

Mierda.

—¿A dónde vas? —uno de los oficiales que está parado afuera de mi casa grita.

—¡Detente! ¡Oye! ¡Alto ahí! —alguien más grita, pero nada me detiene.

Llego a la puerta de entrada donde encuentro cinco oficiales más impidiéndome entrar a mi casa.

—No se puede entrar allí —dice uno de ellos.

Claro que puedo. Esa es mi casa.

—Mi hermano —les digo, mi tono recortado.

—¿Hay un niño allí? —pregunta otro policía, claramente sorprendido.

Me abro paso entre ellos, *a la mierda las consecuencias*, y corro directamente hacia mi habitación, justo al lugar donde sé que mi hermano se está escondiendo.

—Ethan —susurro. No quiero asustarlo más de lo que está.

Escucho murmullos antes de que la puerta del armario se abra un poco.

—¿Linc, eres tú? —pregunta una voz frágil y suspiro de alivio.

—Sí, E. Soy yo —le aseguro—. Puedes salir ahora.

—¿Estás seguro?

Respiro profundamente, tratando de mantener a raya mis emociones.

—Sí, todo está bien ahora. —No sé si eso es cierto, pero él está bien y eso es todo lo que me importa.

Él asoma su cabeza fuera del armario, mirando a su alrededor. Con cautela, sale del armario, dando pasos lentos al principio, luego más rápidos mientras corre hacia mis brazos.

Aprieto mi agarre, como si no pudiera verlo nunca más.

No sé qué habría hecho si le hubiera pasado algo.

—Estás bien, amigo.

—Vamos a necesitar que ustedes dos vengan con nosotros —dice alguien a mi espalda.

Miro hacia atrás para ver a un hombre con uniforme azul mirándonos. Sus ojos están llenos de lástima y es entonces cuando recuerdo la manada de oficiales afuera.

—¿Qué pasó? —pregunto, levantándome de mis cuclillas.

—Necesitamos hacerte algunas preguntas —dice el

oficial, y es entonces cuando me doy cuenta de que esto está lejos de terminar.

———

—¿A dónde vas? —pregunta Ethan.

Estamos en la estación, y puedo decir que Ethan está cada vez más estresado con lo que está sucediendo.

—Tengo que hablar con el hombre de antes. Sólo tomará un par de minutos.

—¿Está todo bien? —pregunta de nuevo. No sé lo suficiente como para tener una respuesta, y no estoy seguro de poder decírselo, aunque lo supiera.

—Sí —miento de nuevo—. Ya vuelvo.

—¿Me lo prometes? —insiste y siento que estoy mirando la versión más joven de mí.

Asiento con la cabeza—: Lo prometo.

—Está bien —acepta, confiando en mí en mi palabra. Nunca lo dejaré atrás. Nunca le romperé una promesa. No seré como nuestra madre.

Una oficial mujer, que ha estado esperando con nosotros, pone en la mesa un rompecabezas y le pide a Ethan que se una a ella.

Mi hermano me mira para confirmar.

—Adelante —le digo—. Apuesto a que lo terminarás antes de que regrese.

Ethan se muerde el labio inferior, considerando sus opciones antes de sentarse con cautela en la mesa. La oficial comienza a preguntarle sobre la escuela y qué le gusta hacer. Como lo haría cualquier niño, Ethan se encuentra ansioso por responder a todas sus preguntas, la preocupación anterior se ha ido.

—¿Crees que podemos vencer a tu hermano mayor y hacer esto antes de que regrese? —pregunta la mujer señalando el rompecabezas, Ethan asiente con entusiasmo.

Confiado de que Ethan estará bien, salgo de ahí.

—Estará bien —me dice el oficial que me escolta—. Los niños son resistentes.

Entumecido, sólo lo miro fijamente. Por supuesto que diría eso. A lo mejor ha visto exactamente lo mismo cien veces. Y eso me enoja. Determinado. Independientemente de lo que tenga que hacer, Ethan estará bien. No dejaré que nada lo lastime, ni permitiré que nadie destruya su infancia como lo fue la mía.

Me muestra una pequeña sala.

—Soy el oficial Álvarez. —Él extiende su mano y la estrecho. Haciendo un gesto detrás de él, dice—: Y este es el oficial Jones. Si puedes tomar asiento, por favor.

Como si no tuviera el control de mis propios pies, me

muevo hacia la mesa y me siento. Él también se sienta, y otro policía, a quien recuerdo vagamente de mi casa, entra y cierra la puerta. Miro a mi alrededor. Estamos en una sala de interrogatorios, una sala generalmente reservada para los que supongo que son perpetradores. Empiezo a preocuparme si estoy en problemas.

—¿Está todo bien? —pregunto, sintiendo la misma vulnerabilidad que Ethan.

—Lo estará —me asegura el oficial.

—Hijo, respondimos a una llamada en tu casa.

Al apresurarme para asegurarme de que Ethan estaba bien, ni siquiera me di un momento para pensar en lo que había causado que todos los policías estuvieran en mi casa en primer lugar. Quiero decir, Ethan me dijo que mamá y Richard estaban peleando, pero eso no es nuevo. Gritan, pelean y arrojan mierda, pero los policías nunca se muestran.

—¿Mi madre está bien? —pregunto. Puede que no piense que es una buena madre, pero no soy cruel. Al fin y al cabo ella fue quien nos parió. Y fue, en algún momento, una madre decente antes de la adicción y de que Richard consumiera su vida.

—Ella está en el hospital —dice.

—¿Qué hizo ese bastardo? —le pregunto, levantándome tan rápido que mi silla se vuelca y cae detrás de mí.

El oficial Álvarez se pone de pie también, caminando para recoger mi silla.

—Respondimos a una llamada sobre una sobredosis de heroína.

—¿Mi madre tuvo una sobredosis? —Mis palabras salen en un susurro. Estaba gritando por teléfono cuando Ethan llamó. ¿Cómo pudo haber tomado una sobredosis en el tiempo que me llevó llegar a casa?

Él pone mi silla hacia atrás, asintiendo con la cabeza, me siento.

—Pudimos traerla de vuelta con Narcan.

Mi madre había muerto.

—¿Dónde está Richard? —pregunto.

—¿Quién es Richard?

Me paso los dedos por el pelo.

—El novio de mi madre. —*Quien pensé que estaba fuera de nuestras vidas para siempre.*

—Cuando nos presentamos en la casa, era solo tu madre tirada en el piso de la cocina. —Las imágenes que pinta seguramente me perseguirán toda la vida. Miro al oficial Jones parado en silencio detrás de él.

—Recibimos una llamada anónima y eso es a lo que respondimos —agrega.

Llamada anónima, sí cómo no. Ese fue Richard, demasiado

cobarde para quedarse y ayudar a la mujer con la que traficaba drogas durante años.

—Hijo, tenemos un par de preguntas para ti —dice Álvarez, y me doy cuenta de que soy yo quien les ha estado preguntando en su mayor parte.

Asiento con la cabeza.

El oficial Álvarez abre una carpeta manila y desliza algunas fotos hacia mí.

—Cuando respondimos a una llamada, las encontramos en la mesa de la cocina —dice, tocando las fotos con el dedo índice. Miro hacia abajo y veo algunas bolsas de lo que sé que es cocaína y heroína.

—¿Tu madre consume drogas a menudo? —él pregunta y considero cómo debería responder—. Aron, esto es importante.

Sé a lo que están jugando.

—Sé que no quieres meter a tu madre en problemas, pero podría haber muerto esta noche. Ella necesita ayuda, y tú y tu hermano también.

Asiento ante la mención de mi hermano.

—¿Ella las vende? —él pregunta.

—No creo que lo haga. Pero estoy seguro que Richard sí las vende. —digo, arrojándolo al ring sin importarme qué le pase, él se lo merece. En este momento, literalmente lo empujaría frente a un autobús en movimiento por todos los daños que ha traído a nuestras vidas.

—¿Crees que tu madre es una adicta? —pregunta y me río con amargura. Ha sido adicta por años, cualquiera puede notarlo.

—¿Aron?

La sonrisa irónica se pinta en mi cara—: Sí.

El policía se frota la barba y me mira con ojos compasivos.

—¿Qué va a pasar ahora? —pregunto.

Vuelve a colocar las fotos en la carpeta.

—No estoy seguro. No creo que tu madre se enfrente a la cárcel, pero tendrá que ir a rehabilitación. —¿*Rehabilitación?* Me pregunto si funcionará. Se parecía a su antiguo yo en los últimos meses. Quizás con ayuda ella podría ser así permanentemente.

—Es probable que el juez de la corte de lo familiar descubra que no está en condiciones de cuidarlos hasta que termine el programa y demuestre que no está poniendo en peligro a sus hijos.

—¿No está en condiciones de cuidarnos? —repito. Si esas palabras no son evangelio, no sé qué son.

—El tribunal le quitará la custodia tuya y de tu hermano.

Si el tribunal dice que ya no puede tenernos...

—¿A dónde vamos a ir? —termino mi pensamiento en voz alta.

—¿Está tu padre en sus vidas?

—No he sabido nada de mi padre en años. Podría estar muerto por lo que sé.

Él frunce los labios como si lo que acaba de escuchar es desagradable.

—¿Tienes algún otro familiar? El tribunal puede otorgarles la custodia temporal si pueden proporcionar un entorno seguro para ambos. —Callo los pensamientos en mi cabeza, enfocándome específicamente en dónde Ethan y yo podríamos ir. No hay nadie del lado de mi padre.

—Tengo una tía —le digo—. Es hermana de mi madre.

Éramos muy cercanos. Solía llevarnos a su casa los fines de semana de vez en cuando. Entonces, algo sucedió entre ella y mamá y todo lo que recuerdo es que ella salió de nuestra casa con lágrimas en los ojos después de dejarnos. Me metió un trozo de papel en el bolsillo ese día y me dijo que la llamara si alguna vez necesitaba algo, que la llamara si alguna vez me sentía inseguro.

Nunca lo hice.

Pensé que las cosas mejorarían.

Estaba equivocado.

10

NO ESTAMOS VIVIENDO LA VIDA QUE SE SUPONÍA QUE
DEBÍAMOS VIVIR.

—¿QUÉ PASA AHORA? —ALGUIEN PREGUNTA DESDE AFUERA de la puerta. Estoy sentado dentro de la misma sala a la que Ethan y yo fuimos conducidos por primera vez, viéndolo tomar uno de los autos de carreras más pequeños de la canasta provista por la policía, y navegando por una pista improvisada.

—Los muchachos están allí —dice el oficial Álvarez y mis oídos se ponen atentos.

Miro a Ethan, moviéndole su cabello.

—Ya vuelvo —digo, poniéndome de pie. Si alguien va a hablar sobre lo que nos va a pasar, tengo que ser parte de eso.

Salgo de la sala y me encuentro cara a cara con Álvarez. A su lado hay alguien que no he visto en mucho tiempo. La mujer se parece a mi madre, bueno, como era mi madre antes de las drogas. Tiene el pelo largo y oscuro, rasgos faciales suaves y es más baja que yo por lo menos unos treinta centímetros. Se vuelve hacia mí y me encuentro con los ojos color avellana de mi tía Eve.

—Oh, Dios mío —dice ella, abrazándome. No le devuelvo su abrazo, sólo me quedo ahí quieto.

Ella debe sentir mi vacilación porque deja caer sus brazos al instante.

—No te he visto en mucho tiempo.

Asiento con la cabeza.

—Han pasado unos años.

—Ustedes han crecido mucho —dice ella, y puedo escuchar el arrepentimiento en su voz. Me pregunto qué lamenta ella. Probablemente el dejarnos con mi madre. Me pregunto si ella lo sabía.

—¿Qué va a pasar ahora? —Hago la misma pregunta que supongo que Eve hizo, cambiando mis ojos de ella a Álvarez, que observa el encuentro con interés.

Se rasca la cabeza.

—Después de terminar con el papeleo Ethan y tú se van a ir a casa de tu tía. —Se detiene y puedo decir que se siente incómodo—. Si ella quiere, claro.

—¿A nuestra casa? —pregunto.

—No. Regresarías a *su* casa.

Espero a que se oponga, a que diga que no puede dejarnos entrar a su casa. Estoy esperando que ella cierre la puerta a toda la idea y que Ethan y yo nos quedemos solos, como siempre ha sido.

En cambio, ella dice—: ¡Por supuesto! —No hay una pizca de vacilación—. ¿Qué tengo que hacer para tenerlos viviendo conmigo? ¿Dónde está Ethan?

—Sólo tiene que completar un formulario y deberíamos tener la aprobación pronto —dice Álvarez.

—Ethan está jugando con algunos juguetes en este momento —agrego, respondiendo a su pregunta.

Ella mira hacia la puerta por la que había salido hace unos minutos, la preocupación arruga su frente.

—¿Sabe él lo que está pasando?

Sacudo la cabeza.

—No tiene ni idea, no sabía cómo decírselo. No *quiero* decirle, no hasta que sepa lo que va a pasar.

No hasta que descubra cómo protegerlo.

—Está bien, lo iré a ver en unos minutos. Quiero hacer todo el papeleo para que podamos salir de este lugar lo más rápido posible —dice, mirando alrededor de la estación de policía. ¿Cómo es posible que ella parezca tan calmada cuando mi madre se está desmoronando?

—¿Qué pasará después? —presiono. Sé que he hecho preguntas similares antes, pero aún no está claro.

Eve lleva su mano a mi mejilla, algo que mi madre también me hacía.

—Lo resolveré todo y luego hablaremos de ello en la casa. No te preocupes por eso.

Sé que piensa que decirme que no me preocupe es lo que necesito en este momento, pero eso no podría estar más lejos de la verdad. Necesito respuestas.

Sintiendo mi vacilación, agrega—: Va a estar bien, Aron. Lo prometo.

Sin embargo, sus palabras no me consuelan.

Se han roto demasiadas promesas; creo que ya no creo en ellas.

—¿Aron? —Me giro para encontrar a Ethan en la puerta. Arrodillándome frente a él, lo miro y pregunto.

—¿Qué pasa, amigo?

—¡Quiero mostrarte algo! —grita emocionado y yo lo sigo adentro, mirando detrás de mí una vez y asintiendo con la cabeza a Eve. Le doy permiso para ir y resolverlo todo. Mientras tanto, descubriré cómo decirle a Ethan que vamos a irnos a vivir, al menos un tiempo, con nuestra tía.

A MEDIDA QUE CONDUCIMOS A LA CASA DE EVE, MIRO MI nuevo entorno. Se fue el vecindario en el que he vivido toda mi vida. En cambio, nos encontramos en un lugar que se ve completamente diferente. Todas las casas aquí se ven iguales. El césped es verde, las casas están pintadas de blanco y hay niños jugando sin miedo en el patio.

Pasamos por una casa y vemos a una familia haciendo una parrillada con lo que supongo que son sus amigos. Todos se ríen y conversan, completamente despreocupados.

Supongo que el pasto es más verde del otro lado. Miro hacia otro lado.

Esto es muy normal. Sólo me recuerda que nuestra infancia estuvo lejos de ser perfecta.

No estamos viviendo las vidas que se suponía que debíamos vivir. El auto se detiene unos minutos después, y Ethan prácticamente salta a la acera. Me quito el cinturón de seguridad, abro la puerta y salgo detrás de él. Curiosamente, no ha hecho demasiadas preguntas sobre el hecho de que no volveremos a casa.

Él preguntó qué le pasaría a mamá y qué estábamos haciendo. Le dije que íbamos a pasar un tiempo con nuestra tía. Estuvo confundido durante unos dos minutos antes de que Eve le dijera que tenía una consola de juegos en casa. Entonces todas sus preocupaciones fueron olvidadas. Desearía que yo pudiera olvidar así de fácilmente.

Siguiendo a Eve, entramos en la casa y ella nos da un recorrido rápido. Ha pasado mucho tiempo desde la última vez que estuvimos aquí, apenas la recuerdo. Su casa es muy bonita, no extravagante, pero sí espaciosa y cómoda. Parece una casa, pero puedo decir que está vacía. Nos muestra fotos de su esposo y fotos de ella y mi madre cuando eran pequeñas.

Me doy cuenta de que no hay fotos de niños, ni siquiera de nosotros.

Ethan pregunta por su esposo, *nuestro tío*, y supe que había fallecido por la mirada en sus ojos. Se seca una lágrima y luego sonríe.

—Se ha ido hace un par de años.

—Lo siento mucho —le digo, pero Eve se encoge de hombros.

—Tuvimos una vida maravillosa juntos.

Empujando sus hombros hacia atrás, nos dirige escaleras arriba, guiándonos a lo que serán nuestras habitaciones.

—Esta será tu habitación —dice ella, Ethan y yo miramos adentro.

Ella abre más la puerta.

—¡Ve adentro! —dice, emocionada. Y en ese momento, puedo decir que está feliz de que estemos aquí con ella a pesar de las circunstancias que nos llevaron a su puerta.

—¡Esto es genial! —Ethan grita, entrando y yendo directamente a uno de los carros de juguete que están en el suelo, señalando un Mustang rojo, pregunta—: ¿Puedo jugar con esto?

—Es todo tuyo —dice con una sonrisa Eve, mientras

GIANNA GABRIELA

Ethan se sienta en el suelo y comienza a empujar el auto de lado a lado.

—No tenías que hacerlo —le digo.

Ella pone su mano sobre mi hombro.

—Lo compré para él el año pasado para navidad. Sé que no estaba cerca pero bueno, pero quería estarlo. Les he comprado un regalo de cumpleaños y un regalo de navidad durante los últimos años —dice, sorprendiéndome por completo. Ella respira hondo antes de agregar —. Debería haber intentado con más ahínco.

—Yo... —empiezo, tratando de aliviar algo de su culpa, pero ella me detiene una vez más.

—Vamos a ver tu habitación.

—¿Tienes tu propia habitación también? —Ethan pregunta, levantando la vista de su lugar en el suelo.

Eve asiente con entusiasmo.

—¡Sí, así es! —Ella sale de la habitación y yo la sigo. Ethan se arrastra detrás de nosotros, tiene su auto de juguete bien agarrado en su mano. Él camina frente a mí, impaciente por ver cómo se ve la otra habitación.

—¡Wow, esta es mucho más grande que la mía! —él dice.

—Él es mucho más grande que tú —dice Eve gentilmente —. No creo que quepa en tu cama.

Ethan se ríe.

—Es cierto, sus pies colgarían del colchón.

—¡Sí, así es! —Eve responde, acariciándole el cabello.

Miro alrededor de la habitación y luego miro a Eve con Ethan. No quiero que se apegue demasiado a ella, aunque sé que lo hará. No sabemos qué nos va a pasar a continuación. Ni siquiera sabemos si Eve querrá quedarse con nosotros o si tendremos que volver con nuestra madre.

Lo único que sé es que somos Ethan y yo contra el mundo.

Siempre.

11

YO TAMBIÉN TOQUE FONDO.

Nos dirigimos al juzgado en silencio. Tía Eve sostiene el volante con demasiada fuerza, sus nudillos se vuelven blancos. Durante las últimas seis semanas, nos ha dado la bienvenida a Ethan y a mí a su casa, voraz en su necesidad de saber todo sobre nosotros. Por primera vez en siete años, me he sentido realmente atendido.

Echo un vistazo por encima del hombro a Ethan sentado en la parte de atrás, distraído jugando con una tablet que Eve le consiguió. No estoy seguro de que esté al tanto de lo que va a pasar hoy, y esa es la forma en que quiero mantenerlo. Levanta la vista cuando nos detenemos frente a un imponente edificio de piedra.

—¿Qué es eso? —pregunta con curiosidad.

—Eso es un juzgado.

—¿Como en la televisión? —pregunta, hablando sobre un programa que él y Eve comenzaron a ver la semana pasada. Ella ha sido muy buena con él, respondiendo cualquier pregunta que yo no pueda responder. Ella lo ha estado cuidando como si fuera su propio hijo, como si los dos lo fuéramos.

Asiento con la cabeza.

—Sí.

—¿Qué estamos haciendo aquí?

Me detengo a pensar qué decir, pero Eve me gana.

—Tenemos algunas cosas que arreglar. Podrás pasar el rato en una sala con un montón de juegos mientras tu hermano y yo hacemos algunas cosas que están pendientes —dice ella.

La miro y ella ve la pregunta en mis ojos.

—Llamé al juzgado. Él no tiene que estar en la sala principal, así que tiene la suya para que juegue —dice en voz baja.

—Gracias —le digo a ella. Estoy agradecido de que ella también comprenda la importancia de proteger a Ethan.

—No te preocupes por eso —dice Eve, apoyando su mano sobre la mía.

———

—¿CREE USTED QUE PUEDE HACER ESO? —LA JUEZA le pregunta a mi madre. Me siento al lado de Eve, que juega nerviosamente con sus manos. Me encuentro al borde de mi asiento, esperando ver lo que mi madre dirá a continuación, pendiente de cada palabra.

—¿Cree que puede hacer eso, señora Lincoln? —la jueza pregunta una vez más. Su apellido no es Lincoln. Es Robertson. Volvió a su apellido de soltera después de que ella y mi padre se divorciaron. Creo que dejé que mi mente se aferrara a este hecho porque tengo miedo de concentrarme en lo que está sucediendo ahora, en lo que ella dirá.

—Ah... —comienza mi madre. El juez espera su respuesta con impaciencia, y el resto de nosotros también.

—¿Está dispuesta a seguir los pasos necesarios para volver a ver a sus hijos? —ella presiona.

Mi madre mira hacia abajo, luego se da vuelta para mirar hacia el fondo de la habitación. Su mirada se encuentra con la de su hermana y luego viaja hacia mí.

—No creo... —comienza y aunque creo que está hablando con el juez, sus ojos todavía están fijos en mí.

La jueza exhala ruidosamente.

—¿Podría hablar más alto y dirigirme su respuesta?

Mi madre aparta sus ojos de los míos y se vuelve hacia la jueza.

—No creo que yo... creo que sería mejor que se quedaran

con su tía —responde y la pequeña parte de mí que tenía la esperanza de que mi madre nos amara, se preocupara por nosotros, desaparece. Cuando ella dice que *nosotros* estaríamos mejor sin ella, sé que quiere decir que *ella* lo estaría. Ni siquiera se refiere a Eve como su hermana, sólo como nuestra tía.

Dejé de admirar a mi madre hace mucho tiempo. Nunca pensé que llegaría tan lejos como para desear que ella no fuera mi madre en absoluto.

—Está bien, entonces, está decidido, señora Lincoln...

—Robertson —corrijo a la jueza. El alguacil del juzgado me mira fijamente y sé que no es protocolo hablar fuera de turno. Para todos en la sala, solo soy un miembro de la audiencia, pero no lo soy. Estoy esperando que el juez determine qué pasará con mi hermano y conmigo. Estoy esperando que ella determine lo que sucede el resto de mi vida.

—Perdóneme, señorita Robertson —se corrige la jueza y le indica al alguacil que se retire. Ella continúa, sin molestarse por mi interrupción—. Me inclino a estar de acuerdo con el estado en que no es apta para ser madre. Por lo tanto, otorgaré la custodia total de Aron Lincoln y Ethan Lincoln a su tía, Eve Stephens. Espero sinceramente que reconozca la importancia de la familia y tome las medidas necesarias para rehabilitarse a fin de que, algún día, pueda ganar el perdón de sus hijos. Te sentencio a sesenta días de rehabilitación como paciente ambulatorio en el Centro de Butler. Le advierto que debe tomar el programa en serio. No quiero volver a verle en mi sala nunca más. Si lo hago, no seré tan indulgente.

Me levanto, aclarando mi garganta.

—¿Puedo tener un momento con ella? —Le pregunto a la jueza—. ¿Por favor?

En mi periferia, veo a los alguaciles caminando en mi dirección, pero eso no me disuade.

Eve desliza su mano en la mía, apretándola. Le sonrío.

—Solo quiero decirle algunas cosas —agrego.

Me sorprende cuando ella dice—: Tienes cinco minutos. Alguacil, tráigalo a él y a la acusada a la sala de deliberaciones del jurado.

Asiento en señal de gracias, y cuando paso por su lugar, ella dice—: Cinco minutos, hijo.

El alguacil me lleva a la sala de deliberaciones y otro alguacil trae a mi madre.

—Estaremos justo afuera de la puerta —me dice uno de ellos. Asiento con la cabeza. Esto no tomará mucho tiempo.

Con la puerta cerrada, queda silencio entre nosotros. Mi mamá me mira con el espíritu roto.

—Lo... —comienza, pero levanto mi mano para detenerla.

—No. No puedes hablar ahora. Tengo algo que decirte, y luego terminamos. Tú has estado jugando en el límite durante tanto tiempo y he tratado de evitar que caigas. Sin embargo, el único que terminó casi ahogado fui yo. —Mis ojos están clavados en los de ella, tal vez por última vez—. En un intento por mantener la cabeza fuera del agua, me encontré tocando fondo.

Me detengo y respiro hondo.

—Ya terminé de tratar de ser tu salvavidas. No puedo asumir el papel de ser tu padre también.

Una lágrima se desliza por su rostro, pero digo lo que necesito antes de perder la fuerza.

—Se suponía que eras mi madre. Se suponía que yo era el niño, no al revés. Tuviste tantas oportunidades de cambiar, de buscar ayuda. Podrías haber cambiado tu vida, para ti, para nosotros, pero rechazaste cada una de ellas.

—Un juez te dio la oportunidad de recuperar a tus hijos. Todo lo que tenías que hacer era ir limpiarte, asistir a rehabilitación, mantenerte sobria... —Me río, porque es lo único que puedo hacer para evitar llorar. Me alegra que Ethan no esté aquí para ver esto, para que esto no lo *asuste*—. Decidiste que no valía la pena. Decidiste que no valíamos la pena.

Ella solloza audiblemente.

—Hoy, yo también me rendiré contigo. He tomado la

decisión de que mi prioridad es cuidar de *mí* y de *Ethan* esta vez.

Sus hombros comienzan a temblar mientras trata de contener las lágrimas. Quiero consolarla porque ese es mi instinto, pero no lo haré. En cambio, enderezo mi columna, me doy la vuelta y salgo de la sala.

12

MAMÁ ROMPIÓ SU PROMESA. PERO YO NO ROMPERÉ LA MÍA.

Tropiezo en la oscuridad, buscando las llaves que Eve me dio hace dos semanas. Pongo mis manos en mis bolsillos, vaciándolos. Oigo las llaves caer al suelo, así que me agacho para comenzar a buscarlas.

Está oscuro afuera.

Todo a mi alrededor está girando.

Ni siquiera recuerdo lo que pasó hoy.

Empecé en una nueva escuela hace un par de semanas.

Es extraño ser el chico nuevo, pero no es terrible. Cuando el entrenador escuchó que había jugado fútbol en mi antigua escuela, me pidió que me uniera al equipo. Los muchachos me dieron la bienvenida tan fácilmente, decidiendo que necesitaba ser incluido en el equipo apropiadamente. Entonces, después de practicar hoy, nos fuimos de fiesta.

Nos divertimos tanto que todavía estoy de rodillas buscando mis llaves.

¿Cómo demonios llegué a la casa de Eve en primer lugar?

¡Sí! Finalmente encuentro mis llaves y me levanto, tambaleándome ligeramente.

Debo haber tenido cerca de veinte tragos. Ni siquiera recuerdo lo que pasó la mayor parte de la noche.

Después de intentar con las llaves tres veces diferentes, finalmente consigo que se abra la puerta.

Entro lo más silenciosamente posible, tratando de no despertar a nadie. Cierro la puerta lentamente, pero se cierra de golpe. Miro hacia las escaleras, esperando que nadie lo haya escuchado. Doy unos pasos en esa dirección, con la intención de subir las escaleras, pero en el último segundo, me desvío a la cocina por un vaso de agua.

Después de beberlo, regreso a las escaleras, tambaleándome y tropezándome todo el camino.

Paso por la puerta de Eve, y luego por la de Ethan. Sigo caminando y justo cuando giro el pomo de la puerta de mi habitación, escucho pequeños pasos que vienen en mi dirección.

—¿Qué estás haciendo? —Ethan me pregunta, frotándose los ojos.

No puedo creer que lo haya despertado.

—Bajé a buscar un vaso con agua.

Él frunce el ceño.

—Estás borracho —dice, y sus palabras me ponen sobrio al instante.

—Yo... tomé unos tragos esta noche —le digo. Me rompe ver la decepción en sus ojos.

—Te estás convirtiendo en mamá —me acusa y siento que me han dado un puñetazo en la cara—. Piensas que sólo porque eres mayor que yo no me doy cuenta de lo que está pasando, pero me doy cuenta de muchas cosas. Y te estás convirtiendo en ella. Pensé que eras más listo que ella. Pensé que me amabas más que ella.

No puedo creer que me haya permitido ser absorbido por este agujero. Estoy llegando al fondo ahora. Me estoy convirtiendo en el monstruo contra el que luché tan ferozmente.

—Lo siento —digo, encogiéndome al escuchar las palabras que salen de mi boca. Eso es algo más que mamá solía decir. Siento que me han arrojado un balde de agua fría.

Se acerca a mí y yo me siento en el suelo.

—Tienes razón —agrego.

—¿Por qué? —me pregunta, sentándose frente a mí

—Estaba en una fiesta —le digo.

Él sacude su cabeza.

—Esta no es la primera vez —dice, descubriendo mi mentira.

Pensé que nadie se había dado cuenta.

Pensé que lo había estado ocultando con éxito.

Respiro hondo y lo miro a los ojos.

—Creo que estaba tratando de hacer frente al cambio —le digo, y una vez más, me recuerdo a nuestra madre.

—Esa no es una buena manera de hacer frente —me dice, repitiendo las mismas palabras que le dije a mi madre.

De repente entiendo el significado de aborrecerse a sí mismo.

¿Así se sentía mi madre?

Asiento con la cabeza.

—Tienes razón. Te lo prometo, nunca lo volveré a hacer.

—¿Cómo sé que cumplirás tu promesa? Mi mamá nunca lo hizo —dice, y esas palabras me revelan más de lo que piensa. Él sabe más de lo que nunca pensé que sabía. Incluso con lo que intenté, parece que no podría protegerlo de todo.

—Porque soy tu hermano y siempre te cuidaré. Nunca he roto una promesa que te he hecho antes, ¿verdad?

—Eso es cierto —dice.

—No comenzaré ahora. —Lo miro a los ojos cuando digo esas palabras para que sepa que lo digo en serio.

Él asiente, aceptando lo que dije como lo hice con mamá muchas veces antes. La única diferencia es que mamá rompió su promesa. No hay forma de que yo rompa la mía.

———

—No te golpees mucho —dice Eve, caminando a la cocina a la mañana siguiente. Se acerca al refrigerador y se sirve un vaso de jugo de naranja, luego se sienta frente a mí.

—¿Escuchaste? —pregunto, poniéndome el Tylenol en la boca y tomando un sorbo de agua para pasarlo.

Ella asiente.

—No quise hacerlo. Me desperté con el…

—El sonido de mí tropezando por las escaleras —le digo.

Ella toma un sorbo de su jugo.

—Bueno, sí. Quería asegurarme de que estabas bien. Abrí la puerta un poco y encontré a tu hermano hablando contigo.

—No te vi —le digo. Me da vergüenza que ella también me haya visto así.

—Iba a hablar contigo, pero creo que necesitabas escucharlo de Ethan.

Dejo mi bebida.

—Nunca quise que me viera de esa manera.

—Lo sé, cariño —dice ella, extendiendo la mano y tomando mi mano—. Pero él era el único que iba a comunicarse contigo.

—No sé por qué lo hice —le digo honestamente.

Se levanta de su silla y se acerca a la mesa, tomando asiento a mi lado. Al tocar mi hombro, ella dice—: Sé por qué.

—¿Por qué?

—Has estado cuidando a tu hermano, e incluso a tu madre, durante los últimos años. Por lo que escuché sobre su novio —dice ella, y me estremezco ante el recordatorio de la existencia de Richard—. Él tampoco era el mejor chico. Estoy segura de que tuviste que lidiar con mucho de él también.

Asiento, y ella continúa—: Nunca tuviste la oportunidad de rebelarte. Nunca pudiste gritarle a ella. Nunca tienes que actuar porque tenías que cuidar a Ethan. Creo que cuando tuviste la oportunidad de finalmente defenderte, lo hiciste.

—¿Emborrachándome? —pregunto, enojado conmigo mismo.

—Al emborracharte tanto te olvidarías de que estás sufriendo —dice ella y tiene sentido. También me hace comprender un poco por qué mamá consumió drogas. Supongo que ella también quería olvidar.

Sin embargo, eso no lo hizo bien.

—Esa no es una razón suficientemente buena.

—No, no lo es. Si lo haces de nuevo, puedes obligarme a castigarte —dice ella, riendo.

La miro sin sonreír.

—Esa sería la primera...

—No creo que tenga que recurrir a eso porque no creo que lo vuelvas a hacer.

—No lo haré.

Ella asiente, resuelta.

—Una bebida aquí y allá está bien. Simplemente no uses alcohol para hacer frente a tus emociones, ni a las drogas. No funcionó para tu madre.

—Y tampoco funcionará para mí. No tienes que preocuparte. No lo volveré a hacer.

—Bueno. ¿Ahora a desayunar?

Asiento con la cabeza.

—¿Necesitas ayuda? —

Ella sonríe ampliamente.

—Claro, me encantaría.

Juntos, hacemos panqueques, huevos y tocino. Unos minutos después, Ethan baja corriendo las escaleras. Aparece en la puerta de la cocina, trepando a uno de los taburetes del mostrador.

—¡Huele tan bien! —dice, tomando uno de los trozos de tocino del plato.

—¡Hey, espéranos! —Eve dice.

—¡Lo siento! —él le sonríe mientras toma un bocado de tocino—. ¡El resto está listo! Vamos a sentarnos y comer.

Eve coloca el gran plato de panqueques en la mesa y yo agarro los huevos, colocándolos al lado del otro plato. Tomo el jugo del refrigerador y los vasos del gabinete, coloco uno frente a Ethan y le sirvo un poco.

—Oye, amigo, solo quería pedirte perdón de nuevo. No era el tipo de persona que debería haber sido anoche. No volverá a suceder. —No quiero fingir que anoche no sucedió. Solo quiero asegurarme de que sepa que fue la última vez.

—Sé que no lo hará. La gente comete errores, Aron. Mi mamá hizo un poco, yo también lo sé. Y un día, ella regresará y la perdonaremos —dice, llenando su plato con comida.

—Correcto —respondo.

—¡Oh, tengo una sorpresa para los dos! —La tía Eve dice, saltando de su asiento. Ambos la miramos, preguntándonos qué la animo tanto—. Bueno, no se queden ahí parados, ¡vamos!

Caminamos hacia la puerta que conduce al garaje. Ella lo abre y nosotros miramos adentro.

Hay dos autos, el suyo y luego otro tan cubierto de polvo que llevaría unas horas limpiarlo a mano.

—¡Ta-da! —grita emocionada.

—¿Necesitas que lavemos eso? —Ethan pregunta y los dos nos reímos.

—¡No tonto! Este auto es para Aron. Sé que usaste uno viejo cuando vivías en casa y, bueno, tienes que ir y venir de la escuela.

La miro con la boca abierta.

Siento que Ethan tira de mi camisa y miro hacia abajo para verlo mirándome con ojos enormes.

—¿Qué pasa? —Pregunto.

—¿Crees que ella también me consiguió un auto? —dice, sonando tan esperanzado como siempre. Eve y yo nos reímos.

—No, no te conseguí un auto. ¿Pero pensé que tal vez tú y Aron podrían compartir este? Él podría usarlo para llevarte a la escuela de vez en cuando, cuando no tiene práctica de fútbol. Incluso podría llevarte a comer helado —ella dice y los ojos de Ethan se iluminan ante la idea.

—¿Estás segura? —pregunto, aún incapaz de creer que ella haría esto por nosotros.

—Sí. Lleva aquí un par de años acumulando polvo. Creo que ustedes, chicos, pueden darle un buen uso.

Camino hacia ella y la abrazo. Se tensa brevemente y sé que está tan sorprendida como yo por el gesto. Entonces ella me abraza también.

—Estoy tan feliz de que ustedes estén conmigo —dice ella, con la voz quebrada—. Sé que no fue una situación ideal, pero estoy feliz de que estén aquí.

Ethan envuelve sus pequeños brazos a nuestro alrededor.

—Estamos contentos de estar aquí contigo, tía Eve —dice.

—Somos una familia —le digo, y lo digo en serio. Puede que no haya sido alguien con quien crecimos o que pudiéramos ver todos los días, pero cuando las cosas se pusieron difíciles, ella apareció. No lo cuestionó. Ella no inventaba excusas. En cambio, nos abrió su casa, abrió su corazón.

Lo menos que podemos hacer es abrir el nuestro.

EPÍLOGO

Es un año nuevo y las cosas se ven bien. No hemos escuchado nada de nuestra madre, pero creo que es lo mejor. Estamos comenzando a desarrollar una nueva rutina, Ethan está haciendo nuevos amigos y las cosas están bien. Somos felices. Si alguien me hubiera preguntado el año pasado si pensaba que las cosas podrían salir así, la respuesta habría sido no.

Pero a Ethan y a mí nos dieron una segunda oportunidad. Eve ha desempeñado el papel de madre amorosa en sólo unos meses, algo en lo que mi madre falló durante años.

Mi nueva escuela tampoco es tan mala. El fútbol ha sido mi refugio de todos los cambios en mi vida y estoy aprovechando al máximo cada oportunidad. Eve también quiere que vaya a la universidad, no es algo en lo que me haya permitido pensar demasiado, pero sigue rondando por el fondo de mi cabeza.

Esta noche, es otra primera vez. Estoy en el baile de bienvenida, no porque quiera, sino porque, como miembro del equipo, estoy obligado a hacerlo. También estoy aquí ante la insistencia de Eve. La capacidad de comenzar de nuevo no es algo que muchas personas obtienen, y sería un idiota si me rindo.

Entro en el estacionamiento de estudiantes, detengo mi auto al lado de la misma motocicleta que normalmente lo hago, sorprendido de verla aquí. No pensé que ella fuera el tipo de chica que venía al baile de bienvenida. Ver a Dimah todas las mañanas se ha convertido en mi rutina diaria. Tal vez algún día, pueda lograr que se quite los audífonos y me hable.

Camino la corta distancia al gimnasio, moviéndome incómodamente bajo el peso de mi chaqueta informal. Desafortunadamente, es un requisito para los jugadores de fútbol.

Al entrar al gimnasio, encuentro serpentinas y pancartas por todas partes.

Camino hacia una de las mesas y me sirvo un vaso de ponche. Tomo un sorbo y lo escupo de nuevo en el vaso. Le han puesto alcohol y ni siquiera del bueno.

En su lugar, opto por una botella de agua y me paro incómodamente a un lado del gimnasio, escaneándola. No me doy cuenta de que estoy buscando algo hasta que lo encuentro. Ella se para al otro lado del gimnasio, en las sombras e invisible. Lleva jeans oscuros rotos y una sudadera negra, completamente diferente de todos los vestidos y faldas que llevan todas las otras chicas.

Ella mira alrededor del lugar y luego vuelve a bajar la mirada a sus pies. Mi mirada se ve obligada a alejarse de Dimah cuando un grupo de chicas se para frente a mí. Las miro expectante, esperando ver qué quieren.

—Hola, Aron —dice una de ellas con una sonrisa sensual.

—Hola —respondo.

—¡Te ves genial! —otra agrega.

—Gracias.

Una de ellas, una de las animadoras, entra en la línea de mi visión apoyando su mano en mi pecho.

—Si alguna vez necesitas algo, házmelo saber —dice con un guiño.

Cuando no digo nada en respuesta, el grupo toma su señal para irse. En menos de un año, creo que me he convertido en una persona diferente. Estoy totalmente enfocado en terminar el bachillerato e ir a la universidad y mantener a mi hermano.

No necesito chicas para distraerme. No necesito alcohol para ahogar mis pensamientos, ni mis recuerdos. Solo necesito trabajar duro y tomar lo bueno con lo malo.

Cuando mis ojos vuelven a Dimah, descubro que ella ya no está allí. Escaneo el lugar, buscándola y vislumbrándola salir del gimnasio.

Instintivamente, la sigo, evitando a cualquiera que intente detenerme.

En el pasillo, la escucho agradecerle a alguien.

—Lo que sea —dice el chico, arrebatando el dinero de su mano y metiéndolo en su bolsillo. Él saca un porro y se lo da.

—¿Qué coño? —Digo por lo bajo.

La cabeza de Dimah se levanta, sus ojos se abren cuando me ve. Girando sobre sus talones, se apresura a salir por la puerta.

Enfurecido, acecho hacia Randall, uno de los muchachos del equipo de béisbol, empujándolo contra el casillero más cercano.

—¿Qué *coño* crees que estás haciendo? —Aprieto su camisa y lo golpeo contra la pared de metal detrás de él.

—¿Amigo, qué demonios? —pregunta confundido.

Le digo con desdén.

—¿Acabas de venderle sus drogas?

—¿Sí, quieres? —bromea con descaro.

—Joder, no —le escupo—. Si alguna vez te veo vendiendo esa mierda en los terrenos de la escuela... Si alguna vez *escucho* que vendes drogas a los estudiantes, me aseguraré de que te expulsen.

—Es solo hierba —contesta, como si fuera lo más normal del mundo.

Lo miro por un momento más, sintiéndolo retorcerse bajo mi agarre.

—Si escucho que estás vendiendo esta mierda de nuevo, entonces ser expulsado será el menor de tus problemas. —Después de un momento, él asiente. Empujándolo, lo veo correr por el pasillo, desapareciendo por las puertas del gimnasio.

Respiro hondo, esperando que la ira disminuya. Cuando siento que estoy lo suficientemente tranquilo, camino afuera, donde veo a Dimah apoyada contra la pared cerca del bote de basura. El final del porro se pone rojo cuando inhala profundamente.

Asegurándome de mantener mi voz neutral, finalmente le digo algo.

—¿Qué hace una chica bonita como tú fumando esa mierda? —Le pregunto, esperando poder convencerla de que no vaya por este camino. Esto no es quién es ella o quién creo que es, de todos modos. Me encuentro demasiado involucrado. Me detengo nerviosamente, esperando que me dé la hora del día a pesar de saber que no tiene idea de quién soy.

Espero su respuesta porque me importa. Porque por alguna maldita razón no puedo comprender completamente, *ella* me importa.

ACERCA DE LA AUTORA

Sobre la autora

Gianna Gabriela es una niña de pueblo que vive en la gran ciudad de Nueva York. Se considera una escritora de magníficos machos alfa y heroínas fuertes. Ha estado leyendo durante años y lo llama su adicción. Su género favorito es cualquier cosa en romance.

Y es una firme creyente de que "una habitación sin libros es como un cuerpo sin alma". Su color favorito es el negro, le encantan la mayoría de los deportes y no le gusta pintarse las uñas porque le cuesta mucho trabajo quitarse el esmalte.

Sígueme: